# Les aventures de Sam Chicotte
## La potion du Grand Nord

D0885525

Catalogage avant publication de Bibliothèque et Archives nationales du Québec et
Bibliothèque et Archives Canada

Canciani, Katia, 1971-

La potion du Grand Nord

(Les aventures de Sam Chicotte)
Pour enfants de 6 à 9 ans.

ISBN 978-2-89579-406-6

I. Sévigny, Christine. II. Vinciarelli, José. III. Titre.

PS8605.A57P67 2011     jC843'.6     C2011-940600-4
PS9605.A57P67 2011

Dépôt légal – Bibliothèque et Archives nationales du Québec, 2011
Bibliothèque et Archives Canada, 2011

Direction : Carole Tremblay
Révision : Sophie Sainte-Marie
Mise en pages et couverture : Studio C1C4
Illustration de la couverture : José Vinciarelli

© Bayard Canada Livres inc. 2011

Les personnages et l'univers imaginaire de ce livre sont inspirés de l'émission *Sam Chicotte*,
une série télévisuelle produite par Point de Mire, d'après une idée originale de Nathalie
Champagne et Pascale Cusson.

Nous reconnaissons l'aide financière du gouvernement du Canada par l'entremise du Fonds du
livre du Canada (FLC) pour des activités de développement de notre entreprise.

**Conseil des Arts**  **Canada Council**
**du Canada**  **for the Arts**

Bayard Canada Livres inc. remercie le Conseil des Arts du Canada du soutien accordé à son
programme d'édition dans le cadre du Programme des subventions globales aux éditeurs.

Cet ouvrage a été publié avec le soutien de la SODEC. Gouvernement du Québec – Programme
de crédit d'impôt pour l'édition de livres – Gestion SODEC.

Bayard Canada Livres
4475, rue Frontenac, Montréal (Québec) H2H 2S2
Téléphone : 514 844-2111 – 1 866 844-2111
edition@bayardcanada.com
bayardlivres.ca

Imprimé au Canada

# Les aventures de Sam Chicotte
# La potion du Grand Nord

Une histoire écrite par Katia Canciani
et illustrée par José Vinciarelli et Christine Sévigny

D'après les personnages de la série télévisée *Sam Chicotte*

Sam Chicotte a huit ans. Il vit avec ses parents et son grand frère dans la maison que leur a léguée la vieille tante Chicotte. C'est en emménageant dans sa nouvelle chambre que Sam a fait la rencontre d'Edgar, un jeune fantôme. Sam est le seul à voir et à entendre Edgar. Mais leur voisine, madame Kelleur, sait qu'il existe. Cette vieille chipie n'a d'ailleurs qu'un seul but : se débarrasser du fantôme. Heureusement, Sam veille sur lui. Pour l'aider, il peut compter sur Alice, son amie et complice. Même si elle ne peut pas voir Edgar, Alice est prête à tout pour le protéger. Ensemble, les trois amis vivent chaque jour de nouvelles aventures plus trépidantes les unes que les autres !

# Chapitre 1

Dans la chambre de Sam, Alice récite :

— Je refuse de porter cette affreuse robe à carreaux. Je préfère aller au bal en...

La jeune comédienne hésite.

— ...robe de chambre, blague Edgar.

Sam se met à rire. Alice lui fait les gros yeux. Elle devine que le fantôme a dit une bêtise.

— Excuse-moi, pouffe Sam. Continue.

Sam est chargé de donner la réplique à son amie. Il ne reste que cinq jours avant la première de la pièce de théâtre dans laquelle Alice tient le rôle principal.

— Je préfère aller au bal en pantalon ! reprend Alice.

La sonnette de la porte retentit. Isabelle, la mère de Sam, va répondre. Elle est sculpteure. Son atelier est juste à côté de l'entrée.

C'est madame Kelleur, leur méchante voisine, qui leur rend visite.

— Bonjour, chère, dit-elle à Isabelle. Je viens de préparer cette nouvelle recette de thé au chocolat, mais j'en ai trop… J'ai pensé que les enfants aimeraient ça. Vous pouvez aller le leur porter ?

Isabelle répond :

— Montez ! Ça leur fera plaisir. Ils sont dans la chambre de Sam.

— Oh, vous savez, à mon âge… C'est beaucoup trop fatigant pour moi.

C'est vrai que la chambre est au grenier.

— D'accord, je m'en occupe ! l'assure Isabelle.

Un léger sourire rusé se dessine sur le visage de la voisine.

— Ça devrait éloigner les enfants de la maison, marmonne-t-elle en retournant chez elle.

Isabelle monte l'escalier avec les deux tasses. Le liquide dégage une odeur délicieuse.

— Je vous apporte quelque chose à boire ! Un thé au chocolat ! chantonne la mère de Sam en entrant dans la chambre.

— Ça tombe bien, s'exclame Alice. J'ai soif !

Elle prend une tasse et avale le liquide tiède d'un seul trait.

— Ça goûte un peu amer, mais c'est quand même… bon, conclut-elle par politesse.

Sam s'apprête à l'imiter quand sa mère précise :

— C'est madame Kelleur qui l'a préparé.

Edgar a un mauvais pressentiment.

— N'y touche pas, conseille-t-il à Sam.

Dès qu'Isabelle a quitté la chambre, Edgar grommelle :

— Il faut se méfier de cette vieille autruche…

— Edgar me recommande de ne pas en boire, explique Sam à Alice.

— De toute façon, ce n'était pas super bon. Et si on continuait la répétition ?

Une demi-heure plus tard, la jeune fille ne se sent pas très bien. Elle ne veut toutefois pas inquiéter son ami.

— Je vais rentrer, dit-elle. On a de l'école demain…

— C'est parce que tu as oublié ton texte, la taquine Sam.

Durant la nuit, Alice va de plus en plus mal. Des boutons apparaissent partout sur son corps. Sa mère emmène d'urgence sa fille à l'hôpital.

# LE BON MORCEAU

### Quelle petite image n'est pas tirée de l'illustration ?

# Chapitre 2

Sam attend Alice devant chez lui. Ils se rendent toujours ensemble à l'école. Mais c'est plutôt la mère de son amie qui arrive en auto.

— Ça va, Sam ? Tu te sens bien, toi ?

Sam est troublé.

— Oui… pourquoi ?

De la fenêtre, Isabelle surveillait Sam. Elle enfile une veste et sort le rejoindre. Edgar la suit.

— Il se passe quelque chose ?

— Alice est malade, balbutie Julie. Elle a été hospitalisée. Des boutons sont apparus sur son corps la nuit dernière. Les médecins la gardent en observation.

— C'est probablement la varicelle, suppose Isabelle pour réconforter Julie.

— Non, non ! Les taches sont multicolores ! Les médecins n'ont jamais vu ça.

Edgar s'inquiète :

— C'est la Kelleur. La vieille peste de perruche a voulu vous empoisonner.

— Pourquoi ? demande Sam.

Edgar réfléchit.

— Parce que, si vous allez à l'hôpital, vous ne serez plus ici pour me protéger !

— Il faut aider Alice, dit Sam.

— Oui, les médecins ne pourront rien faire pour soigner cette maladie…

En classe, Sam ne pense qu'à son amie. Et encore plus lorsqu'on annonce que la répétition de la pièce de théâtre est annulée. Dès qu'il est de retour chez lui, il questionne sa mère.

— Je n'en sais pas plus que toi, mon grand, soupire Isabelle. Madame Kelleur est passée à midi. Je lui ai appris la nouvelle. Elle semblait étonnée que tu n'aies rien, toi. Elle insistait pour entrer, mais j'avais un rendez-vous.

Sam monte à sa chambre. Edgar est assis sur le lit. Il tortille nerveusement son foulard rouge autour de ses doigts. Il déclare :

— Il n'y a que le notaire Legrand pour nous aider.

Le notaire, c'est l'ami d'Edgar. Il était aussi l'ami de la tante Chicotte.

Les garçons empruntent le passage secret qui va du sous-sol de la maison au bureau du notaire. Sam compte chaque pas à voix basse. Même s'ils n'aperçoivent aucune lueur au bout du tunnel, les garçons continuent d'avancer.

— J'espère que le notaire est là… dit le fantôme.

— … 318… 319… 320… 321 pas ! On est arrivés ! annonce Sam.

Edgar ne voit rien. Il fait trop noir. Habituellement, il y a toujours un peu de lumière. Le fantôme pose la main sur la grille au-dessus de sa tête.

Il sent du tissu sous ses doigts. C'est la toge de monsieur Legrand ! Il sent aussi la laine de ses pantoufles ! Edgar tire un bon coup sur les pantoufles.

— Quoi ? Il y a quelqu'un ? demande le notaire d'une voix endormie.

La trappe est située sous la table de travail de monsieur Legrand. Sa toge la recouvrait. Cela explique l'obscurité dans le corridor.

Edgar soulève la grille.

— Edgar, Sam, entrez ! dit le notaire. Je faisais une sieste.

Le petit fantôme se hisse dans le bureau. Sam le suit.

Monsieur Legrand défroisse sa longue toge noire avec ses mains. Ses boutons de manchette, qui ressemblent comme deux gouttes d'eau à la broche de la tante Chicotte, étincellent au soleil. Sam remarque que monsieur Legrand porte des pantoufles en laine aussi blanches que de la neige.

Le fantôme explique la situation au notaire. Monsieur Legrand est révolté.

— Foi de Théodore Legrand, cette sorcière ne nous aura pas !

Le notaire se dirige vers la bibliothèque. Monsieur Legrand est très, très petit. Il doit monter à une échelle pour attraper le livre ancien qui l'intéresse sur la troisième tablette.

— C'est le grimoire que m'a légué Éléonore…

Le notaire tourne les pages. Il grommelle :

— Éruption cutanée multi-colore…

Edgar et Sam retiennent leur souffle.

Le notaire lit :

— « Empoison-nement à la baie de kirkuète pourrie. L'éruption disparaît habituellement à la pleine lune. »

— La prochaine pleine lune, c'est quand ? s'informe Edgar.

Monsieur Legrand consulte son calendrier.

— Dans deux semaines.

— Deux semaines ! Alice va manquer sa pièce de théâtre. C'est très important pour elle, se désole Sam.

— Il y a une note dans la marge, ajoute le notaire. « Cette affection de la peau peut-être complètement guérie par la potion d'un chaman. La seule chamane digne de ce nom au Québec vit à Tasiujaq. »

— Tasiujaq, c'est où ? demande Sam.

— Dans le Grand Nord. Au nord de Kuujjuaq. J'y suis déjà allé avec Éléonore. Justement, je porte les pantoufles qu'elle m'avait tricotées là-bas, confie monsieur Legrand.

Il soulève sa toge afin que les garçons admirent ses chaussons.

— Une chamane ! Dans le Grand Nord ! s'exclame le fantôme. Ça ne sera pas facile…

Sam l'interrompt :

— Alice a besoin de nous. On doit essayer !

— Il faudra vous rendre là-bas, dit le notaire.

— Mais Alice ne peut pas sortir de l'hôpital, fait remarquer Sam.

Le notaire se racle la gorge et ajoute :

— Si madame Kelleur tente d'éloigner Alice et Sam de la maison, c'est parce qu'elle a un plan en tête… un plan pour t'attaquer, Edgar. Tu iras donc chercher la potion avec Sam.

En retournant chez eux par le passage secret, les garçons ne prononcent pas un mot. Ils sont inquiets. Très inquiets.

# LES PAIRES DE PANTOUFLES

Toutes ces pantoufles vont par paire,
sauf une. Laquelle?

# Chapitre 3

De retour à la maison, Sam et Edgar constatent que c'est la fête dans la cuisine. Les parents de Sam sont en pleine célébration ! François annonce :

— Mon Sam, je viens de recevoir une bonne nouvelle. J'avais donné mon nom pour offrir une formation sur un nouvel équipement d'ambulancier à Kuujjuaq, ce samedi… Et… je pars demain !

Isabelle précise :

— Ils étaient sept sur la liste. Et c'est ton papa qu'ils ont choisi, même s'il n'a pas le plus d'ancienneté !

Sam est étonné :

— Wow !

— Saperlotte ! C'est le notaire qui a arrangé ça, chuchote Edgar en riant.

François peut emmener une personne avec lui à Kuujjuaq. Il aurait rêvé de partir en amoureux avec Isabelle, mais elle doit rester à la maison. Elle donne un cours de sculpture toute la fin de semaine.

Le frère de Sam, Laurent, revient de l'école. Aussitôt, François propose à ses deux garçons de tirer à pile ou face pour déterminer qui l'accompagnera. Il lance une pièce de monnaie dans les airs. Sam retient son souffle. C'est lui, et seulement lui, qui doit aller là-bas! Lorsque Edgar réalise que la pièce va tomber du mauvais côté, il la retourne en vitesse. Personne ne le remarque. Sauf Sam...

— Un voyage avec mon Sam, c'est génial! s'exclame François quand la pièce s'immobilise.

Plus tard en soirée, Sam visite Alice à l'hôpital. Il lui explique le plan. Edgar, à ses côtés, murmure:

— Dis-lui qu'on va tout faire pour qu'elle guérisse rapidement, Sam.

Les garçons peuvent très bien voir les taches multicolores. Alice en a même sur le visage.

— On dirait que tu as mangé trop de Smarties, dit Sam pour faire rire son amie.

Alice sourit. Elle adore les Smarties ! Avant qu'ils repartent, elle donne une photo d'elle à Sam.

— Tiens, ce sera comme si la superhéroïne était avec vous…

François, Sam et Edgar sont assis près l'un de l'autre dans l'avion qui les emmène à Kuujjuaq en ce vendredi après-midi. Edgar est nerveux. Il n'aime pas prendre l'avion.

Il garde jalousement sa valise sur ses genoux. À 17 heures tous les jours, il doit s'occuper de son précieux contenu. Pour ne pas manquer son rendez-vous, le fantôme a mis sa montre-coucou de voyage.

Dès que François s'endort, Sam confie ses craintes à son ami. Ils ne savent ni le nom de la chamane, ni son adresse. Comment parviendront-ils à la trouver ?

La femme assise près d'eux se tourne vers Sam.

— Vous m'avez parlé ? lui demande-t-elle.

— Non... Pardon ! Il m'arrive de me parler tout seul... explique Sam, un peu gêné.

— Vous pouvez discuter avec moi à la place ! Je m'appelle Elisapie. Je suis originaire du Nunavik, mais je travaille à Montréal.

— Moi, c'est Samuel Chicotte ! Tout le monde m'appelle Sam.

— Enchantée !

Le garçon explique à Elisapie que son père a été choisi pour donner une formation aux ambulanciers de Kuujjuaq. Il lui confie aussi qu'il aimerait, pendant ce temps, rencontrer une chamane.

— Une chamane ? Pourquoi ?

Edgar fait signe à Sam de ne pas tout lui raconter.

— Je m'intéresse à la guérison… non traditionnelle… Ma meilleure amie est malade.

Elisapie hoche la tête.

— C'est une chamane qui m'a appris les chants de gorge. Je pourrais te la présenter.

Sam et Edgar poussent un cri de joie. Éveillé par le bruit, François demande :

— Qu'y a-t-il ?

— Votre fils me disait que vous donnez une formation demain, à Kuujjuaq. Je dois me rendre à Tasiujaq pour rencontrer des copains. Si vous le voulez, je pourrais l'emmener avec moi.

François hésite. Il ne sait même pas qui est cette femme !

— Hum… Je vais y penser…

# CHARADE

Mon premier compte 12 mois.
Mon deuxième peut se faire avec du savon.
Mon troisième sert à tenir une tasse.
François utilise mon tout pour travailler.

31

# Chapitre 4

Toute la soirée, Sam insiste auprès de son père pour qu'il le laisse aller à Tasiujaq. Edgar lui souffle à l'oreille tous les arguments auxquels il pense. Sam les répète à son père : « Je dois faire un travail sur les ours polaires à l'école. » « Je vais rapporter de la pierre de savon pour maman. » « Le grand air est excellent pour la santé… » Aucun d'eux ne convainc François.

— Je déciderai demain matin ! conclut-il en bordant son garçon pour la nuit.

Le soleil est à peine levé lorsque le réveil sonne. François revêt son uniforme. Sam s'habille chaudement. Ils sont prêts pour un bon déjeuner !

— On annonce une journée chaude pour un début mars, dit le serveur du restaurant en versant un café à François.

— Chaude ? répète Sam.

— Moins dix-huit, rigole le serveur.

Moins dix-huit, c'est super froid, selon Sam !

— Connaissez-vous une femme du nom d'Elisapie ? demande François.

— Elisapie ? Bien sûr ! déclare l'homme. C'est une chanteuse très populaire.

Rassuré par ce que lui raconte le serveur, François accepte de laisser aller son fils avec Elisapie pour la journée. De toute façon, Sam se serait ennuyé en restant à Kuujjuaq.

— Papa, est-ce que je peux appeler Alice ?

— Seulement après avoir téléphoné à ta maman…

Lorsque Sam parle à sa mère, il n'est pas du tout rassuré.

— Madame Kelleur est venue faire un peu de ménage en fin d'après-midi, explique Isabelle. Elle avait même apporté un genre de parfum désinfectant qui ne sentait pas bon du tout.

Isabelle pense que la voisine voulait l'aider. Toutefois, Sam sait bien qu'elle devait surtout vérifier si Edgar était dans la maison. Peut-être que ce désinfectant est une nouvelle arme antifantôme?

Sam joint ensuite son amie afin de prendre de ses nouvelles. Elle est toujours à l'hôpital.

— La couleur des boutons est de plus en plus foncée… s'inquiète la picotée.

Peu après, Elisapie vient chercher Sam. Elle lui fait visiter le village à pied. Edgar les accompagne.

Dans la rue, une femme discute avec un homme à l'allure louche. La chanteuse commente:

— Le malfaisant du village s'est trouvé une nouvelle complice…

Elisapie invite Sam dans sa maison. Elle trouve que le garçon n'est pas habillé assez chaudement.

— En motoneige, le froid est plus mordant! explique-t-elle.

— On y va en motoneige? s'exclame Sam. Attendez que je raconte ça à mon frère…

Elisapie l'aide à enfiler une combinaison par-dessus son habit de neige.

— Te voilà prêt! On y va!

En sortant, Sam aperçoit l'homme et la femme qui s'éloignent en vitesse de la motoneige d'Elisapie. Dans sa hâte, la femme perd le foulard qui lui recouvrait le visage. Sam reconnaît sa voisine.

— Edgar, murmure-t-il, madame Kelleur est ici!

Après un départ en douceur, Elisapie met plein gaz. La motoneige file à toute allure. Sam et Edgar raffolent de cette sensation de liberté. Le paysage blanc défile sous leurs yeux. Aucun arbre ne borde la route de neige. Seuls les quelques rares *inukshuks* servent de repères. Sam trouve que ces figures de pierre ont l'air de protecteurs.

Le moteur commence à toussoter au bout d'une quarantaine de minutes. Edgar et Sam se raidissent sur leurs sièges. Que se passe-t-il ? La motoneige s'immobilise pour de bon. Elisapie en descend.

— Panne d'essence ! dit-elle, étonnée.

Elle vérifie le réservoir : vide ! La conductrice regarde autour d'elle. Ils sont au milieu de la plaine.

— J'avais fait le plein. Je ne comprends pas.

Peu après, une motoneige s'arrête non loin d'eux. Les garçons reconnaissent tout de suite le conducteur et sa passagère. Un désagréable frisson parcourt Edgar. Madame Kelleur le ressent aussi. Au contraire d'Edgar, cela la réjouit.

— Ils ont dû s'arranger pour causer la panne… Va te cacher derrière l'*inukshuk*, conseille Sam à Edgar.

L'homme a un bidon d'essence avec lui. Il aide Elisapie à remplir le réservoir. Pendant ce temps, madame Kelleur s'approche de Sam. Elle tient un pulvérisateur à la main.

— Ton ami le fantôme t'accompagne, n'est-ce pas ?

Sam fait semblant qu'il cache Edgar derrière son dos. La Kelleur ne les aura pas si facilement !

— Je ne sais pas de quoi vous parlez.

Sam veut gagner du temps.

— Où es-tu, petit spectre de malheur ? Avec ce désinfect-fantôme à l'haleine de hyène, tu vas disparaître !

Edgar reste bien caché derrière son *inukshuk*.

Madame Kelleur vaporise son désinfectant dans les airs. Mais les gouttelettes gèlent aussitôt et retombent sur ses pieds. Sam sourit. Le froid, ça a un avantage ! La voisine enrage :

— J'ai dépensé une fortune pour ce produit !

Elisapie a redémarré la motoneige. Elle interpelle son passager :

— Tu viens, Sam ?

De la main, le garçon indique discrètement à son ami de monter sur la motoneige.

— Allez ! On repart, dit Elisapie.

Sam enfourche la motoneige sans attendre.

— En route ! lance-t-il.

Elisapie ne se fait pas prier.

— Je l'ai échappé belle ! constate Edgar.

— Maintenant, la potion… et vite ! lui murmure Sam.

# LABYRINTHE

Sam et Edgar aimeraient bien se rendre jusqu'à la maison de la chamane. Peux-tu les aider à trouver le bon chemin? Attention à madame Kelleur et aux ours affamés!

# Chapitre 5

La chamane ouvre la porte de sa petite cabane. La vieille femme aux cheveux blancs porte une ample veste brodée. Lorsqu'elle aperçoit Elisapie, elle sourit. Les enfants constatent qu'elle n'a plus aucune dent.

— *Ai!* Bonjour! Elisapie, quelle joie! Entre!

Elisapie présente Sam à la chamane.

— C'est rare que j'ai de la grande visite comme ça! dit l'Inuite en regardant Edgar droit dans les yeux.

Edgar comprend que la chamane le voit. Elle lui fait un peu peur.

Elisapie explique à son ancienne professeure que Sam souhaite lui demander un remède pour une jeune fille malade. La chamane marmonne:

— Les gens du Sud ont leurs propres guéris-seurs…

Sam s'arme de courage.

— J'aimerais vous expliquer, chuchote-t-il.

Intriguée, la chamane invite Elisapie à aller se servir du thé.

— Qui vous envoie? demande-t-elle.

— Le notaire Legrand, l'ami de mon arrière-grand-tante Chicotte. D'après le grimoire qu'il a consulté, mon amie a été empoisonnée à la baie de kirkuète pourrie.

Sam ajoute:

— Une note disait que vous étiez la seule bonne chamane au Québec…

Le compliment fait sourire l'Inuite.

— Ah! Éléonore! Je m'en souviens bien. Elle portait toujours une jolie broche.

La chamane dévisage le jeune intrépide.

— Vous êtes la seule qui puisse nous aider, ajoute rapidement Sam alors qu'Elisapie se rapproche.

Il sort sa photo d'Alice, la superhéroïne:

— Voici mon amie…

La vieille femme examine la photo en la plaçant à quelques centimètres de ses yeux.

— Bon… D'accord ! dit-elle enfin.

Elisapie est heureuse que la chamane ait accepté d'aider Sam.

La vieille femme ajoute :

— Elisapie, n'aurais-tu pas quelqu'un à aller voir ?

La chanteuse hésite.

— Sam, ça te dérange si je vais saluer des copains ?

— Non, non, répond aussitôt le garçon.

Dès qu'Elisapie passe la porte, la chamane lance des herbes dans le feu. Edgar est affolé.

— Vois-tu tous ces visages d'ancêtres ? bredouille-t-il à Sam.

Sam est surpris :

— Euh, non… c'est seulement de la fumée !

La chamane a noté la réaction d'Edgar.

— Petit esprit, lui dit-elle, n'aie pas peur.

Mais Edgar n'est pas rassuré. L'Inuite lui présente un sac de feuilles séchées.

— Pour t'occuper, tu vas me compter 123 feuilles de *kaplarjuit*, lui ordonne-t-elle.

— *Kaplarjuit*?

— Ça signifie « raisin d'ours » dans notre langue, l'inuktitut.

— Et toi, petit homme, ajoute la chamane à l'intention de Sam, il me faut une casserole de belle neige bien propre.

Sam se rhabille et s'empare de la casserole. Il n'a pas du tout envie de quitter la chaleur de la cabane, mais… il le fait pour Alice !

Dehors, Sam regarde autour de lui. Il n'avait pas remarqué combien la cabane était isolée. Il n'y a aucun voisin à la ronde. De nombreuses traces de pas salissent pourtant la neige. Le garçon s'aventure un peu plus loin. Lorsqu'il croit avoir trouvé la neige parfaite, il remplit sa casserole. En revenant sur ses pas, il entend des gémissements.

— Aïe ! J'ai tellement mal. Aidez-moi ! se lamente une voix masculine.

Sam observe les alentours. Il ne voit rien.

— Je me suis blessé, pleurniche-t-on encore.

Sam se met à marcher en direction de la voix. Cependant, plus il avance, plus la voix semble s'éloigner. Il ne comprend plus rien.

# LES BOLS

Quels bols Edgar doit-il choisir
afin d'obtenir 123 feuilles de *kaplarjuit* ?

Peut-on juger du caractère de quelqu'un par sa seule apparence ?

# Chapitre 6

Sam s'arrête pour réfléchir. Si une personne est vraiment blessée, doit-il plutôt avertir un adulte ? Et si… et si c'était un piège ?

— Oh non ! s'écrie Sam.

Il a saisi ! C'est peut-être une manigance de madame Kelleur pour l'éloigner d'Edgar… Sam repart vers la maison en courant.

Pendant ce temps, dans la cabane, on commence à s'impatienter.

— Où est passé le petit homme ? demande la chamane.

Edgar a fini de compter les feuilles de *kaplarjuit* depuis un moment.

— Je ne sais pas, s'inquiète-t-il.

— Petit esprit, tu dois aller retrouver ton ami…

Au moment même où le fantôme s'apprête à sortir, on cogne à la porte.

— Entre, dit la chamane qui croit que Sam est enfin de retour.

Madame Kelleur, le visage rougi par le froid, surgit dans le salon. Un long frisson la parcourt.

Edgar frissonne aussi. Terrorisé, il recule lentement. Chaque pas lui demande un effort inouï. La chamane le remarque.

— Bonjour, Madame, je vends des parfums désinfectants, explique aussitôt l'intruse.

Sam court plus vite que jamais, sa casserole dans les mains. Il a le cœur qui palpite. Il espère qu'il s'est trompé et que madame Kelleur n'est pas dans la cabane. Cependant, plus il se rapproche, plus il craint le pire.

— Attention ! Attention ! hurle-t-il.

Le garçon entre en trombe dans la cabane. Madame Kelleur a déjà commencé à pulvériser son parfum dans la pièce.

— Sortez-la d'ici ! supplie Sam, à bout de souffle, en cherchant son ami du regard.

L'Inuite, en colère, n'a pas besoin de se le faire dire deux fois ! Elle expulse sans ménagement la Kelleur de chez elle.

Madame Kelleur s'éloigne rapidement de la maison.

— Crime poff ! Il me reste encore un peu de désinfect-fantôme, je vous aurai bien ! jure-t-elle en levant le poing dans les airs.

Edgar sort de sous la table et se jette dans les bras de Sam.

— Punaise de fraises irlandaises, où t'étais ?

— La Kelleur m'avait tendu un piège ! dit son ami.

— Préparons cette tisane au plus vite, les interrompt la chamane.

Elle a compris que madame Kelleur tente de nuire aux garçons. La vieille Inuite se dépêche. Elle attise le feu et place la casserole sur le poêle. Tout en chantant d'une voix rauque, elle jette les 123 feuilles de *kaplarjuit* sur la neige. Quand l'eau bout, elle ajoute quelques feuilles de thé du Labrador.

— Il ne faut pas trop en mettre, sinon ça devient toxique, explique-t-elle.

Tandis que la tisane mijote, la chamane montre aux garçons sa collection de sculptures inuites.

— Ma préférée, c'est l'*inukshuk*, avoue Edgar.

— Moi, j'aime l'ours polaire… ajoute Sam.

— En inuktitut, on dit un *nanuq* !

Sam explique que sa mère est sculpteure. La chamane pense que c'est un métier très intéressant.

— C'est la pierre qui doit guider le sculpteur, leur apprend l'Inuite. C'est elle qui doit parler, et non pas le sculpteur qui doit parler à travers elle.

Elisapie arrive en fredonnant.

— *Ai !* On y va, Sam ? demande-t-elle. Il ne faut pas partir trop tard. La nuit tombe vite.

L'Inuite donne à Elisapie un objet enveloppé dans un sac de papier. Puis elle remet à Sam la tisane qui guérira Alice. Elle affirme :

— Ton amie est chanceuse d'avoir un ami comme toi. Tu es chanceux d'avoir une amie comme elle. Et le petit esprit est chanceux de vous avoir tous les deux. Voir avec le cœur, c'est plus important que voir avec les yeux.

Sam et Edgar sont heureux d'avoir rencontré la vieille dame. Ils la remercient.

— *Assunai !* Au revoir !
ajoute la chamane en sou-
riant, les yeux plissés.

# LEÇON D'INUKTITUT

Sam et Edgar ont appris plusieurs mots en inuktitut.
Relie les mots français à leur traduction.
Le mot qui reste signifie « merci ».

## Au revoir

## Ours polaire

## Raisin d'ours

## Bonjour

Ai

Assunai

Kaplarjuit

Nanuq

Nakurmik

# Chapitre 7

Les garçons montent sur la motoneige. Ils ont adoré leur expérience plus tôt en journée ! Elisapie vérifie le niveau d'essence.

— Pas de crainte à avoir cette fois ! précise-t-elle.

Sam a mis la bouteille de tisane dans la poche de son manteau.

En conduisant vers Kuujjuaq, Elisapie admire le paysage.

— J'aime le Nord, dit-elle à Sam. Même si je travaille à Montréal, c'est chez moi, ici.

Sam la comprend. Il a aussi hâte d'arriver chez lui et de revoir son amie. Il pense à tout ce qu'il va lui raconter à son retour.

Edgar tire sur le manteau de Sam.

— Crois-tu qu'on pourrait prendre un *inukshuk* en photo?

— Elisapie, demande Sam, as-tu un appareil photo sur toi?

— Oui.

— Voudrais-tu nous… euh… me photographier près d'un *inukshuk*?

Une dizaine de minutes plus tard, un magnifique *inukshuk* se dresse sur leur chemin. Elisapie ralentit.

— Celui-là sera parfait, affirme-t-elle.

Même si on ne peut pas le voir, Edgar se place toujours près de Sam sur les photos. Il lui fait des oreilles de lapin au-dessus de la tête avec ses doigts. Il s'accote contre lui. Il imite un monstre qui attaque. Soudain, Sam écarquille les yeux.

— N'aie pas l'air d'avoir si peur, rigole Edgar… Je ne te dévorerai pas!

— Il y a un *na*… un *na*… un *na*… *na*… *nuq*, bégaie Sam.

Elisapie se retourne. Elle aperçoit le *nanuq* qui s'approche d'eux d'un pas lent.

— Ne panique pas, Sam, souffle-t-elle. Nous allons lentement nous diriger vers la motoneige.

Mais Sam et Edgar sont paralysés par l'émotion. L'ours est immense.

— On va chanter pour se donner du courage, murmure Elisapie.

Elle se met à chanter. Un son très doux emplit l'air de la toundra. Sam ne peut s'empêcher de chanter à son tour. Il est vrai que ça calme sa peur. Même Edgar fredonne. L'ours les observe. Le petit groupe recule pas à pas et s'installe sur la motoneige.

— Je me demande comment il va réagir lorsque je vais démarrer, dit Elisapie avec inquiétude.

Mais un bruit attire l'attention de l'ours. Une motoneige fonce vers eux à toute vitesse. Sam et Edgar n'en croient pas leurs yeux. C'est madame Kelleur et son conducteur qui arrivent! Viendraient-ils à leur secours?

— Ralentissez! hurle madame Kelleur. Je veux ce fantôme!

— Je ne m'arrêterai pas devant un ours blanc ! crie l'homme.

La passagère tente de diriger la motoneige d'une main tandis qu'elle tient son pulvérisateur de l'autre. Le véhicule zigzague sur la neige.

— Ils sont fous ! s'exclame Elisapie.

La tuque de madame Kelleur s'envole au vent. En essayant de la rattraper, la voisine échappe sa bouteille de désinfect-fantôme. Le *nanuq* est attiré par cette agitation. Elisapie y voit une chance inespérée :

— Accroche-toi ! dit-t-elle à Sam.

Aussitôt que le moteur rugit, Elisapie accélère au maximum. De toute façon, ils sont hors de danger. Le *nanuq* a plutôt décidé de pourchasser l'autre motoneige…

Sam avale sa salive.

— Tu crois que l'ours va les manger ?

Elisapie secoue la tête.

— Non. Si le *nanuq* peut courir vite, il ne court pas longtemps !

Au bout de dix minutes, la conductrice ralentit.

— Les aventures ne manquent pas, avec toi ! déclare-t-elle à Sam.

— Schnotte, j'ai eu la peur de ma vie ! réplique le garçon.

Edgar regarde sa montre. Il rouspète :

— On repart ?

— As-tu peur qu'on croise un autre ours ? chuchote son ami.

— Non. J'ai peur de ne pas arriver à temps pour nourrir… pour faire mon travail à 17 heures, répond le fantôme.

Sam mentionne à sa conductrice que son père doit les attendre.

— Baisse ta visière, *nukappiaq* ! On repart !

— *Nukappiaq* ?

— Garçon ! rigole Elisapie.

François accueille les aventuriers avec un grand sourire.

— Alors, mon Sam ? Belle journée ?

Quand Elisapie ouvre la bouche pour répondre, Sam l'interrompt :

— Papa, j'ai même vu un ours polaire ! Mais ne t'inquiète pas, tout s'est bien passé…

— Moi aussi, j'ai passé une magnifique journée ! dit François. Il est déjà 17 heures. J'ai vraiment faim. On va souper ?

Edgar disparaît aussitôt vers la chambre où l'attend son sac de voyage. Peu après, tous se rendent au restaurant.

Pendant que son père discute avec ses nouveaux amis, Sam en profite pour téléphoner à Alice. Elle est encore à l'hôpital.

— Ça va ?

Debout dans sa chambre d'hôpital, Alice tape sur sa hanche avec sa main.

— J'en ai assez d'être ici, Sam. Ils ne veulent pas me laisser partir… Je m'ennuie. Mon texte pour la pièce de théâtre, je le connais par cœur, maintenant !

— J'ai la potion, la réconforte Sam.

# L'ÉCRITURE SYLLABIQUE

Décode ce message en écriture syllabique.

Tu sauras ce que la maman ourse dit à son ourson.

# Chapitre 8

Sam est très excité par les aventures de la journée. Il tourne et retourne dans son lit. Son père, à ses côtés, ronfle comme un ours noir en pleine hibernation. Edgar tient compagnie à son ami. Il lui raconte des blagues de fantôme.

— Lors d'une visite guidée dans un vieux château, une dame dit : « J'ai peur. Il paraît qu'il y a des fantômes ici. » Le guide la rassure : « Oh non ! J'habite ici depuis 300 ans et je n'en ai jamais rencontré ! »

Sam sourit un peu. En fait, il aimerait juste être de retour chez lui, avec Alice. Pour se changer les idées, il ouvre les rideaux. De magnifiques aurores boréales illuminent le ciel. Sam sort la photo de son amie et la colle contre la fenêtre.

— Regarde, Alice, comme c'est beau !

— Tu crois que la Kelleur va essayer de nous voler la potion ? demande Edgar.

— Peut-être, juste par méchanceté… parce qu'elle n'a pas réussi à t'attraper ! Mais j'ai une idée de toute façon… Je vais lui jouer un petit tour, à la vieille autruche…

Elisapie vient dire au revoir à Sam à l'aéroport. Elle lui donne le cadeau de la chamane. C'est lourd ! Sam ouvre le sac. À l'intérieur, il découvre une pierre de savon non sculptée.

— La chamane m'a dit que c'est pour ta mère.

Sam remercie Elisapie. Il la serre contre lui.

— Quand tu viendras à Montréal, Elisapie, nous irons t'entendre chanter, promet François.

— J'aimerais ça. *Assunai*, mes amis.

Dans la salle d'attente de l'aéroport de Kuujjuaq, Sam aperçoit un distributeur. Il demande à son père de lui acheter une boîte de Smarties et une bouteille de thé glacé. Il enlève aussitôt l'étiquette de la bouteille. Madame Kelleur attend aussi le départ. Elle est assise sur un banc. François la reconnaît :

— Madame Kelleur ! Vous êtes la dernière personne que j'aurais cru rencontrer à Kuujjuaq !

Leur voisine sourit de façon un peu forcée. Sam dit :

— Tu viens, papa ?

Il ajoute d'une voix forte en s'éloignant :

— Ce thé-là, papa, il est très important. C'est un thé du Grand Nord. Je ne pourrai en trouver nulle part ailleurs…

Mais c'est bien à l'abri, au creux de sa valise, que le garçon a déposé la précieuse potion…

Dès qu'ils arrivent à la maison, Sam demande à aller voir Alice. Il laisse traîner la bouteille de thé glacé bien en vue sur la table de la cuisine.

À l'hôpital, la mère d'Alice discute avec Isabelle. En cachette, Sam fait boire la tisane à son amie. Les marques sur son corps disparaissent aussitôt. Le médecin passe.

— Vous ne m'aviez pas dit que les taches étaient parties ! lance-t-il à madame Vadeboncoeur.

Julie lève les yeux, étonnée.

— Euh… je ne le savais pas, admet-elle.

Peu après, le médecin renvoie la patiente chez elle.

— On se retrouve chez moi tout à l'heure, Alice ? demande Sam.

— Oui !

Tout en marchant dans le corridor, Isabelle serre son fils contre elle.

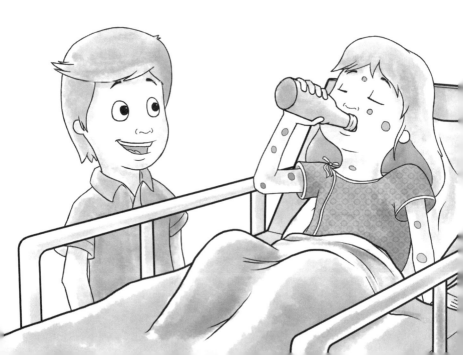

— On jurerait que ton amitié l'a guérie, mon trésor, affirme-t-elle.

Quand Alice sonne à la porte une demi-heure plus tard, Sam surprend madame Kelleur dans la cuisine. Entre deux éternuements, elle est en train de vider le thé glacé dans l'évier. François, qui venait aussi accueillir Alice, est étonné :

— Madame Kelleur, que faites-vous ?

Sam sourit.

— Ça ne me dérange pas du tout, papa. Ce n'est pas comme si c'était une potion magique… On a juste acheté le thé à l'aéroport de Kuujjuaq !

La voisine, le nez bouché et les pommettes en feu, regarde la mine resplendissante d'Alice. La petite est guérie.

— Oh ! bande de crapauds ! rage-t-elle en s'enfuyant.

Un éternuement sonore marque sa sortie.

— On dirait qu'elle a attrapé un bon rhume ! commente François.

Sam et Alice se tapent dans la main, puis lèvent leurs pouces en l'air.

— Est-ce que tu aimerais entendre mon texte ? lui demande Alice.

Edgar les attend déjà en haut !

Cette fois, Edgar écoute attentivement. Alice est épatante. Toutefois, à la fin de la répétition, Sam dit qu'il se sent mal. Il doit aller aux toilettes.

Alice s'inquiète :

— J'espère qu'il ne sera pas malade ! Je ne veux pas qu'il manque la grande première…

Lorsque Sam revient, il a le visage couvert de taches multicolores. Son amie pousse un cri de surprise.

— Oh non ! Pas toi aussi…

Sam s'écroule par terre, mais son petit sourire le trahit…

Alice s'approche.

— Ces taches ressemblent à… à…

— … des taches de Smarties ! complète Sam en riant. Je crois que je fais une indigestion. Il lance sa boîte de chocolats à son amie.

— Tu en veux ? On a bien mérité une petite gâterie après cette aventure !

# SOLUTIONS DES JEUX

### LE BON MORCEAU

**Pages 12-13 :** Réponse : c. Les mains de Sam ne sont pas placés de la même façon.

### LES PAIRES DE PANTOUFLES
**Page 23 :**

### CHARADE
**Page 31 :** Ambulance (An-Bulle-Anse)

## LABYRINTHE
**Page 41 :**

## LES BOLS
**Page 49 :** 100 + 20 + 3 = 123

## LA LEÇON D'INUKTITUT
**Pages 56-57 :** *Nakurmik* = merci

## L'ÉCRITURE SYLLABIQUE
**Page 66 :** Tu as vu [le] p'tit *nukappiaq* ?

# Les baleines des Îles-de-la-Madeleine

Edgar le fantôme est en danger. L'horrible madame Kelleur est partie aux Îles-de-la-Madeleine dans l'espoir de retrouver ses pouvoirs magiques. Si elle y parvient, elle pourra faire disparaître le petit fantôme. Sam et Alice n'ont pas le choix. Ils doivent agir ! Grâce au mystérieux notaire Legrand, les trois amis partent sur les traces de leur vilaine voisine. Réussiront-ils à empêcher cette vieille chipie d'atteindre son but ?

# Le talisman du Mexique

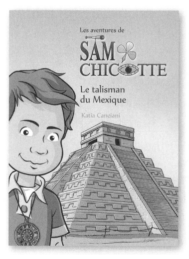

Sam n'arrive plus à voir les pieds de son ami Edgar. Pire, le petit fantôme s'efface davantage d'heure en heure. Seul le talisman de tante Chicotte pourrait redonner à Sam la vue magique. Le problème, c'est que le talisman a perdu son pouvoir. Il doit être rechargé en haut d'une pyramide maya, le jour de l'équinoxe de printemps. Sam y parviendra-t-il avant qu'Edgar ait complètement disparu ?

Parution début 2012

# Le trèfle d'Irlande

Les Chicotte habitent leur nouvelle maison depuis un an. Pour célébrer l'événement, madame Kelleur les invite tous en Irlande. Edgar et Alice les accompagnent. Les trois amis se doutent bien qu'il y a un piège. Mais ils sont loin d'imaginer que le petit fantôme deviendra la cible d'un jeu mortel dans l'immense château de Dublin. Sam et Alice parviendront-ils à sauver Edgar de toute une bande de méchants sorciers ?

Parution début 2012